Gafi contre Dracula

Stéphane Descornes • Mérel

Nathan

Rachid le timide
Mélanie la chipie
Pacha le chat
Pascale la géniale
Arthur le gros dur
Es-tu prêt pour une nouvelle aventure ? Eh bien, commençons !
Ah, j'y pense : les mots suivis d'un ☼ sont expliqués à la fin de l'histoire.

- 1 -

Gafi va passer la journée avec ses amis dans un vieux château qui appartient à sa famille.

– Quelle poussière ! Il faut faire un peu de ménage si on veut manger ici ce midi, dit Gafi.

– Je m'en occupe ! s'écrie Arthur en s'emparant ☼ d'un balai.

Mais Arthur est trop brutal.
Il dérange un groupe
de chauve-souris endormies.

Soudain, une des chauve-souris se transforme en homme. L'inconnu bougonne entre ses dents pointues :

– Je suis le Comte Dracula !

Que faites-vous chez moi ?

– Eh là… mais c’est MON château ! proteste Gafi.

– Je m’en moque ! rugit le Comte. Je vis ici depuis 100 ans ! D’ailleurs… je commence à avoir soif ! Je boirais bien… un petit COU…

– C’est un vampire ! panique Rachid. Il veut boire notre sang !

Le vampire va-t-il attaquer les enfants ?

- 2 -

Histoire d'amadouer le vampire,
Pascale lui sert du jus de tomate :
– Comte, vous prendrez bien…
un verre de sang ?

Dracula boit le jus de tomate d'un trait.

– Drôle de goût, pour du sang! grogne-t-il. J'ai encore SOIF!

– Attention, Pascale! lance Arthur, il veut te mordre!

Pascale a une idée de génie :
elle brandit un saucisson à l'ail.
– Ah ! Ah ! Les vampires ont horreur
de l'ail ! rit-elle.
Ça marche ! Dracula s'arrête net.

Paniqué, le vampire redevient
une chauve souris et veut s’enfuir…

Mais Gafi est plus rapide...

Il le capture au vol!

– Libérez-moi, supplie Dracula.
Je n'essaierai plus de mordre
les enfants, c'est promis…

Nos amis hésitent. Ils ne lui font pas confiance.

– Et si on lui laissait une chance ?
propose finalement Mélanie.

Gafi libère Dracula, qui reprend
sa forme humaine.
Mais c'est plus fort que lui, le voilà
maintenant qui veut mordre Pacha…
Ça suffit !

Gafi bondit et ouvre en grand les volets d'une fenêtre.

– Aïe! se plaint Dracula. Je ne supporte pas la lumière!

Et le vampire court se réfugier
dans la cave.
Clic-clac, Gafi ferme à double tour
derrière lui.

Ouf ! Bon débarras ! Gafi et ses amis peuvent enfin profiter de leur journée au château !

c'est fini !

S'emparer : Prendre brusquement.

Vampire : Personnage imaginaire, aux dents pointues. Il mord les humains au cou pour boire leur sang. Ainsi, il ne meurt jamais.

Amadouer : Calmer ou convaincre quelqu'un par des paroles gentilles.

Brandir : Agiter de façon énergique ou menaçante.

As-tu bien lu ?

Mets ces dessins dans l'ordre de l'histoire.

réponse : A, E, G, I, C, F, D, H, B.

Démasqués !

Le vampire n'est pas le seul monstre du château. En te référant au code, découvre d'autres créatures effrayantes.

réponse : fantôme, loup-garou, sorcière, ogre, zombie.

Au pays de Dracula

Trouve dans l'image tous les mots qui commencent par la lettre V. Parmi les chauves-souris grises, une seule n'a pas de sœur jumelle. La vois-tu ?

réponse : valise, vache, vautour, vent, volcan, veste, violon, volet.
La chauve-souris grise différente est en haut à droite.

GAFI RACONTE

illustré par Mérel

Je commence à lire

1. *Qui a fait le coup?* Didier Jean et Zad • 2. *Quelle nuit!* Didier Lévy • 3. *Une sorcière dans la boutique*, Mymi Doinet • 4. *Drôle de marché!* Ann Rocard • 15. *Bon anniversaire, Gafi!* Arturo Blum • 16. *La fête de la maîtresse*, Fanny Joly • 23. *Gafi et le magicien*, Arturo Blum • 24. *Le robot amoureux*, Stéphane Descornes • 29. *Une drôle de robe!* Elsa Devernois • 30. *Pagaille chez le vétérinaire!* Stéphane Descornes • 35. *Le nouvel élève*, Anne Ferrier • 36. *Le visiteur de l'espace*, Stéphane Descornes • 41. *Le ballon magique*, Stéphane Descornes • 42. *SOS, dauphin!* Anne Ferrier • 45. *Safari en folie!* Stéphane Descornes • 49. *Gafi contre Dracula*, Stéphane Descornes • 52. *Gafi à la piscine*, Stéphane Descornes

Je lis

5. *Gafi a disparu*, Didier Lévy • 6. *Panique au cirque!* Mymi Doinet • 19. *Mystère et boule de neige*, Mymi Doinet • 20. *Le voleur de bonbons*, Didier Jean et Zad • 26. *Qui a mangé les crêpes?* Anne Ferrier • 43. *Le chat du pharaon*, Mymi Doinet • 44. *En route pour l'espace!* Stéphane Descornes • 46. *Gafi aux Jeux Olympiques*, Danièle Fossette • 47. *La plante magique*, Stéphane Descornes • 50. *Gafi à Paris*, Françoise Bobe • 51. *Gafi chez Toc-toc Chef*, Laurence Gillot • 53. *Au feu, les pompiers!* Ingrid Chabbert • 54. *Gafi sur la banquise*, Ingrid Chabbert • 55. *Gafi président*, Ingrid Chabbert

Je lis tout seul

9. *L'ogre qui dévore les livres*, Mymi Doinet • 10. *Un étrange voyage*, Ann Rocard • 11. *La photo de classe*, Didier Jean et Zad • 12. *Repas magique à la cantine*, Didier Lévy • 18. *Sauvons Pacha!* Laurence Gillot • 21. *Bienvenue à bord!* Ann Rocard • 22. *Gafi et le chevalier Grocosto*, Didier Lévy • 27. *Qui a kidnappé la Joconde?* Mymi Doinet • 28. *Grands frissons à la ferme!* Didier Jean et Zad • 33. *Les chocolats ensorcelés*, Mymi Doinet • 34. *Au bal costumé*, Laurence Gillot • 39. *Mélanie la pirate*, Stéphane Descornes • 40. *Sous les étoiles*, Elsa Devernois • 48. *Sur le Tour de France*, Laurence Gillot

Directeur de collection et conseil pédagogique : Alain Bentolila
Jeux conçus par Georges Rémond

IMPRIM'VERT Votre imprimeur agit pour l'environnement

FSC www.fsc.org MIXTE Papier issu de sources responsables FSC® C022030

Loi n°49-956 du 16 juillet 1949 sur les publications destinées à la jeunesse, modifiée par la loi n°2011-525 du 17 mai 2011.
ISBN : 978-2-09-257622-6 – N° éditeur : 10233352 – Dépôt légal : septembre 2017
Achevé d'imprimer en août 2017 par Loire Offset Titoulet (42900 Saint-Etienne, France)